Quem me dera ser onda

Manuel Rui

Quem me dera ser onda

Novela

Com prefácio de
Rita Chaves

GRYPHUS

Rio de Janeiro

© Manuel Rui

Revisão
Lara Alves

Editoração Eletrônica
Rejane Megale

Capa
Carmen Torras – www.gabinetedeartes.com.br

Foto de capa
Getty Images

Adequado ao novo acordo ortográfico da língua portuguesa

CIP-BRASIL. CATALOGAÇÃO-NA-FONTE
SINDICATO NACIONAL DOS EDITORES DE LIVROS, RJ
....
R879q
2. ed.

Rui, Manuel, 1941-
    Quem me dera ser onda / Manuel Rui. - 2. ed. - Rio de Janeiro : Gryphus, 2018.
    68 p. ; 21 cm.

    Apêndice
    ISBN 978-85-8311-108-5

    1. Novela angolana. I. Título.

18-47804   CDD: 869.8996733
                                                CDU: 821.134.3(673)-3
....

GRYPHUS EDITORA
Rua Major Rubens Vaz 456 — Gávea — 22470-070
Rio de Janeiro — RJ — Tel.: (0XX21) 2533-2508 / 2533-0952
www.gryphus.com.br — e-mail: gryphus@gryphus.com.br

Prefácio

Passados tantos anos após a sua primeira edição, *Quem me dera ser onda*, por várias razões, permanece um livro surpreendente. A história que nos conta é tão simples quanto insólita: um homem leva um porco para o apartamento em que vive com sua família, com a finalidade de engordá-lo para consumir-lhe a carne e assim variar a dieta limitada pelas dificuldades daqueles tempos. A relação de afeto que surge entre seus filhos e o porco vai trazer algumas reviravoltas ao seu plano e, na disputa que se arma sobre o destino do animal, encena-se, na verdade, uma contenda de valores. De um lado, o empenho pela solução dos próprios problemas; do outro a solidariedade de um afeto desinteressado. Acompanhando o olhar tão agudo do narrador, vamos conhecendo, no cotidiano das pessoas que habitam o prédio onde o porco vai viver, a dinâmica de uma gente que precisa reinventar seu mundo, procurando criativamente formas de responder às demandas do dia a dia.

A história se passa em Luanda, apenas alguns anos após a independência de Angola. Eram tempos conturbados, quando o país enfrentava uma sucessão de conflitos que se estendiam desde 1961. A real ameaça que a guerra significava, com a África do Sul dominada pelo *apartheid* ali ao lado, convidava ao rigor na defesa das conquistas e inibia a manifestação de críticas. Para o Ocidente, sempre refratário em compreender códigos diferentes daqueles que aprova, o suposto silêncio seria reforçado pela opção pelo socialismo que o governo independente havia feito. Todavia, mantendo o compromisso com a utopia que havia mobilizado tantos anos e tantas formas de luta, a literatura angolana mais uma vez viria oferecer um espaço de questionamento e colocaria em cena certas perturbações à festa da libertação, sem, é preciso dizer, colocar em cheque sua legitimidade.

O curioso é que o exercício crítico não vem de um dissidente. Quadro importante do Movimento Popular de Libertação de Angola, o partido no poder desde novembro de 1975, Manuel Rui foi também o compositor do hino do país e já havia registrado sua adesão em livros anteriores. É desse lugar, com uma linguagem viva e sedutora, que ele nos permite entrar no cotidiano agitado das pessoas simples que habitam o prédio onde o porco vai viver. Apoiando-se na força do humor, seu narrador escapa ao moralismo esquemático e consegue desvelar as contradições que a grande transformação histórica trazia, apontando vários problemas e acusando os oportunismos que os excessos burocráticos criam. Mas faz-nos ver sempre a força de uma gente que na ordem do dia tem o dever de "desenrascar--se", para usar uma expressão daquele contexto. A vitalidade das soluções encontradas e a graça de uma expressão linguística que brinca com os *slogans* contrapõem-se à rigidez do discurso oficial e conferem um ritmo divertido e contundente à narrativa.

Ao atribuir às crianças um papel especial – o de lutar por valores ditados pela generosidade –, o narrador parece nos dizer que o reino da utopia não é para agora, mas pode estar a caminho. A literatura que havia participado da construção do sonho, com as denúncias das iniquidades do colonialismo, agora empresta seu olho crítico para mostrar o que precisa ser mudado no novo mundo que se constrói. Nesse movimento, se somos colocados diante de algumas inviabilidades práticas da revolução, também desenham-se diante de nós a capacidade de resistência dos angolanos e a força com que iam equilibrando sua esperança de liberdade e paz. É essa a fabulosa energia que salta das páginas da instigante novela para nos fazer rir e para nos avisar que o desejo de ser onda deve permanecer em pauta, mesmo e/ou sobretudo em tempos de desalento.

Rita Chaves
Professora de literaturas africanas de língua portuguesa
Universidade de São Paulo – USP

Quem me dera ser onda

Faustino só tirava o dedo do botão quando o elevador aparecia.
– Como é? Porco no elevador?
– Porco, não. Leitão, camarada Faustino.
– Dá no mesmo em matéria de interpretação de leis.
– Quais leis?
– O problema é que a gente combinou na assembleia de moradores e o camarada estava presente. Votação por unanimidade. Aqui no elevador só pessoas. E coisas só no monta-cargas.
– Mas leitão é coisa?
– Nada disso. Bichos, só ficou combinado cão, gato ou passarinho. Agora se for galinha morta depenada, leitão ou cabrito já morto, limpo e embrulhado, passa como carne, também está previsto. Leitão assim vivo é que não tem direito, camarada Diogo, cai na alçada da lei.
– Alçada como? Primeiro o monta-cargas está avariado. Um dia inteiro que a sua mulher andou a carregar embambas para cima e para baixo. E depois o monta-

-cargas, está a ver? Em segundo o leitão está em trânsito, não anda de cima para baixo e de baixo para cima. E foi este leitão que trouxe catolotolo aqui no prédio? Pararam no sétimo. O leitão estava renitente, mas Diogo arrastou-o pela corda. E, já com a chave na porta, olhou para trás e não viu o vizinho.
– Mãe! O pai trouxe leitão!
– Calma só, Zeca. Deixa passar o pai.
– Saiam da frente.

Diogo atravessou a sala comum, chegou na varanda larga que dava para a rua, levantou alguma roupa pendurada no arame e atou a corda do leitão na barra que separava as persianas.

– Olha só, ronca que chega – Ruca aproximava-se tentando a familiaridade com o bicho.

– Está bem, mas primeiro organizar. Liloca, levanta o bafo do rádio todo, e vocês, Zeca e Ruca, vão depressa na casa do camarada Nazário ver se está lá o nosso vizinho Faustino. Depressa!

De repente a casa parecia transformada. O porco numa berraria de inadaptação a alertar a vizinhança; o som do rádio no máximo; e os dois miúdos a saírem nas horas. Carregaram no botão. O elevador nunca mais. E sempre em corrida desceram as escadas até o segundo andar.

– Boa-noite, dona Xica. Era só pra pedir ao Beto lápis de cor.

– Beto! Beto! O Ruca está aqui. Entra.
"Eu na minha pessoa de assessor popular não posso admitir esse desrespeito pela disciplina. E você também, camarada Nazário. Ou é ou não é o responsável máximo pelo prédio? Amanhã temos que mandar o fiscal em casa do gajo e descobrir esse porco para lhe multar ou mesmo correr com esta gente do prédio."
Assim que Zeca ouviu este rabo de conversa lá no fundo do corredor, pegou na caixa dos lápis e nem se despediu. O irmão atrás na rapidez.
– E aí? Com que então fiscal.
– Foi assim mesmo que falaram, pai – reafirmou Ruca.
A família estava no peixe frito com arroz mas os miúdos não descolavam os olhos do leitão ali mesmo ao pé, na varanda, a grunhir e a farejar aquele sítio novo para viver. E a fala dele abafada pelo som do rádio.
– Pois aqui não entra fiscal nenhum. E esse cabrão do Faustino, ainda vou descobrir como lhe retificaram, cacete de merda.
– Mas estás a fazer tribalismo…
– Eu é que estou a fazer? Eu que nem tenho maka com porco? Ele é que está a fazer tribalismo. E com o porco. Só porque é meu. Tribalismo! Deixa lá os ismos, mulher, que isso não enche barriga. Ismo é peixefritismo, fungismo e outros ismos da barriga da gente. E tribalista é quem combate os ismos da barriga

do povo, como esse Faustino. É por isso que isto não anda pra frente e eu é que devia falar na rádio, e não esses berenguéis simonescos. Era mesmo no meio dos relatos de futebol que eu ia falar em panquês, e ismos da barriga. É só peixe frito e paleio – e arrotou.

– Mas vamos comer o leitão, não é?

– Nada, Zeca. Plano, sempre o plano. Vamos criar. Engordar. Depois é muita carne.

Ficou na fímbria de desapontamento nos rostos dos miúdos. A mãe empilhou os pratos, lavou na cozinha. Depois regressou e fez a pergunta:

– Como é que a gente vai criar um porco aqui no sétimo andar?

– Calma, Liloca. Vamos estudar um plano. Comida, restos de hotel. A seguir é só educar ele a não gritar. E com panquê nenhum porco grita. É a lei da vida.

A dona virou os olhos para o leitão. Magicava nessa dúvida. Como era possível criar assim um porco num sétimo andar? Prédio tudo de gentes escriturária, secretária. Funcionários de ministérios. Um assessor popular, e até um seguras que andava num carro com duas antenas, fora os militantes do Partido?

– Isso ainda vai dar uma maka com o Instituto de Habitação.

– Com o quê, Liloca?

– Sim, com o Instituto...

– Qual instituto, qual merda, bando de corruptos

que arranjam casas só pros amigos. Eu sempre paguei renda. E casas que não têm porco estão mais porcas do que esta.

De seguida levantou-se e foi ao pé do leitão. Liloca e os miúdos imitaram-no e a família toda permaneceu em semicírculo a contemplar aquele novo inquilino. O porco farejava e abanava as orelhas, como que a interrogar a razão do seu novo estatuto.

– Temos que lhe pôr um nome – disse Zeca, eufórico.
– Fica "carnaval"!
– Acho bem, Ruca. Pode ficar "carnaval". E no carnaval a gente mata e come. Com fiscal ou sem fiscal. O porco é nosso.

Na cara de Liloca a alegria de ver pai e filhos contentes na igual ideia, ainda riqueza de um leitão mais tarde um porco de tanta coisa, torresmos, banha, carne, costeletas, ossos para salgar. Abriu a boca de sono.

– Mas temos que baixar o rádio.
– Apaga mesmo, Liloca. Coragem porque a razão é nossa. Um porco se ronca na rua ninguém lhe multa. Se estão num minuto de silêncio e ele berra ninguém lhe prende. Quem então é que este porco cadengue está a incomodar? Só na lei desse advogado de tuge. Não é? Que tratem mais é de resolver o problema da água. Eu é que não vou mais a essas reuniões de moradores. São sempre os mesmos que falam e agora já nem um porco se pode ter.

Ainda antes de irem na cama, Zeca e Ruca iniciaram conhecimentos com o "carnaval". Devagarinho, mão na espinha, o porco a deixar, até quando Zeca lhe abusou puxando o rabo e o leitão roncou forte no silêncio do rádio apagado.

– Porra. O porco só chegou agora e vocês não têm respeito, o Faustino se calhar a ouvir. Cama! E amanhã, se a vossa mãe não estiver, não entra fiscal nenhum. Cama, já disse!

Sete e meia da manhã, antes de ir no emprego, Diogo avisou outra vez que fiscal não entrava. Depois a dona saiu nas bichas. Então Zeca e Ruca começaram logo entretenimento com o porco.

– Ruca, vamos-lhe dar banho.

Desamarraram a corda do ferro das persianas e conduziram "carnaval" até na casa de banho. Abriram o chuveiro e, no momento em que forçavam o bicho para a banheira, a campainha tocou.

De imediato, Zeca teve o cuidado de fechar a casa de banho e esconder a chave na gaveta do guarda-louça. Foram na porta. Ruca é que entreabriu e falou:

– Bom-dia. O que é que o camarada quer? O pai não está em casa.

– Também não é preciso.

O homem empurrou a porta num safanão.

– Você não pode entrar assim dentro da casa das pessoas.

– Quem é que disse?

– O meu primo Cinquenta, que trabalha na segurança. Posso gritar, lhe prendem – insinuou Ruca.

Ele e o irmão tremiam, arrependidos. Não estavam a cumprir as orientações do pai. Nem sequer deviam ter aberto a porta.

– Vá, pioneiros. O porco, onde está? Onde está o porco?

– Porco é você – ripostou Zeca afastando-se para detrás da mesa. – Aqui não tem porco.

– Vamos a ver. – E o homem começou a vasculhar. Primeiro passou na cozinha. Depois na sala outra vez. Os dois quartos. E deteve-se na varanda.

– Mas cheira a porco!

– Cheira porque é o vizinho camarada Faustino que costuma ter porco – afirmou Ruca mostrando convicção. – Se o senhor é ladrão de porcos, pode ir lá.

– Senhor não, camarada. E não sou ladrão, sou fiscal.

– Ai é? Então tem que ir lá mesmo, que a dona também faz quitanda de dendê...

– E fazem caporroto à noite – acrescentou Zeca.

– Para venderem ao sábado cada búlgaro cem kwanzas sem troco – completou Ruca.

Com o riso de fiscal contente de missão cumprida, ficou ainda um bocado de indicador na testa a arrumar inteligência. E, ouvindo barulho de água a correr dum chuveiro, indagou apontando para a porta:

– Quem é que está ali?

– É o primo Cinquenta da segurança, trabalhou de noite, na casa dele não tem água e veio aqui tomar banho.

– Da segurança?

– Sim – reafirmou Zeca. E o fiscal começou a andar para a porta.

– Bem. Se não tem porco é porque não tem porco mesmo e... – Parou ao pé da cozinha.

– Zeca, liga o telefone na casa da professora. Diz que está aqui um camarada, a cara dele é igualzinha à do ladrão que esteve na nossa escola e matou dois pioneiros. É ele mesmo! – E Ruca olhava acusador para o fiscal. O homem correu para a porta.

– Vocês estão doidos, pioneiros. Eu sou uma autoridade, e como é essa confusão?

Mas Zeca a riscar números de telefone e o irmão só fechou a porta depois de espreitar o fiscal tocar a campainha da casa de Faustino.

– Grande berrida levou esse fraccionista! – Gritou Ruca.

– Agora o nome do porco não é só "carnaval".

– Então?

– É "Carnaval da Vitória".

Entraram na casa de banho, fecharam o chuveiro e, no meio da alegria da vitória, Ruca quis pôr apoteose:

– Zeca. Vai nos andares de baixo, toca as campainhas e diz que anda gatuno aqui no prédio. Toca na casa do Beto e diz pra ele ir tocar também e avisar os outros para tocarem nas campainhas e para toda a gente ficar nas portas porque anda um ladrão.

– Desculpe. Não é preciso zanga assim, que eu estou no meu serviço de fiscal. É a minha obrigação.

– Mas nesta casa? O meu marido é assessor popular no tribunal e você é que vem fiscalizar a inventar que temos um porco em casa? É o quê, afinal?

– Pior um pouco. Na casa de um responsável. Porque a verdade é que cheira.

– Cheira a quê?

– A porco. – E o fiscal começou a farejar.

– Procure então, se quer.

A dona estava exaltada e conduzia o fiscal pela casa sem pronunciar mais palavra. Por fim chegaram à varanda e o fiscal bateu palmas. O chão estava todo coberto de dendê.

– Cá está!

– O quê?

O fiscal tirou do bolso um pequeno bloco-notas e apontou em voz alta:

– Quitanda clandestina de dendê em prédio habitacionável e especulativa contrarrevolucionária – e perguntou: – a fabriqueta do capa-érre?

– Bandido! Seu bandido, o dendê é a minha sogra que manda de Ambrizete só para a gente comer e ainda dar aos amigos. Fora daqui. – E a primeira coisa que apanhou foi uma frigideira. O fiscal abaixou-se instintivamente, a frigideira bateu na parede, mas a dona tomou da vassoura e o homem fugiu de raspão porta a fora, no fim do corredor de apartamentos foi logo na escada sem viajar mais no elevador. Quando ia no quinto andar, Zeca gritou escondido no vão da escada:

– Agarrem o gatuno!

E em todo o prédio ecoaram gritos de outros miúdos num passa-palavra de agitação. As donas a sair das portas num azáfama de bloquear a passagem ao bandido, "telefonem na polícia", "não deixem passar ele em baixo", "furem-no com um tiro", "chamem a ó--dê-pê", e Zeca aproveitou a confusão, subiu as escadas para regressar no apartamento e aí cruzou-se com a mulher do Faustino de vassoura na mão a espumar: "matem esse gatuno, queria-me assaltar disfarçado de fiscal de caporroto!".

Ruca abriu logo a porta:

– Como é?
– Fecha depressa. Tudo faine. Vamos observar na varanda.

Lá em baixo a peleja tinha crescido. Fiscal no meio exibindo documentos. As donas, os miúdos e mais gente de passagem rodeando o intruso. Os carros buzinando por causa do engarrafamento. Insultos de quem chegava adiantado à discussão e ainda as mulheres em voz alta, "prendam esse gatuno", "é o mesmo da semana passada", "foi o que roubou a aparelhagem", "se calhar o cartão dele ainda é falso". Chegou um carro da polícia e Zeca correu as persianas, levantou o rádio no máximo e disse para o irmão:

– A maka não é conosco e agora é que a gente não abre a porta a ninguém. Foi assim que mandou o pai – e fechou a porta com trinco, fecho e tranca.

Dona Liloca tocou a campainha repetidas vezes. E os filhos nada. Ela mesma percebeu existir uma cena, pois o programa "dia a dia na cidade" chegava cá fora tão alto que era impossível alguém ouvir lá dentro o som da campainha. Até que chegou Diogo e, na preocupação de algum acidente dos filhos com a garrafa de gás, tentou arrombar a porta a pontapé. Os miúdos despertaram.

– Quem é? – Perguntou Zeca abeirando-se da porta.
– Abram essa merda!
Ruca movimentou a chave, o trinco e destrancou.
– Que raio de coisa é esta? A vossa mãe lá fora à espera até agora, o almoço por fazer, o doutor Africano Neto põe os malucos à solta e eu com dois filhos chanfrados aqui dentro de casa. E dou-vos o tratamento! Mas os miúdos contaram a chegada do fiscal. A finta que lhe pregaram com o leitão dentro da casa de banho e depois o susto que o homem apanhou quando lhe anunciaram o primo da segurança e ainda fingirem no telefone avariado conversa na professora por causa de um imaginado assaltante da escola.

Diogo abraçou a mulher e os filhos, gargalharam todos aquela primeira manhã clandestina do porco, e a dona arranjou sandes de peixe frito para os miúdos, que foram a correr nas aulas sem esquecerem o saco de plástico para a comida de "Carnaval da Vitória". Sem contarem no pai o resto da aventura com a mentira má das candongas do Faustino em dendê, porco e capa-érre. Muito menos a do gatuno.

No intervalo da escola, Ruca foi o narrador. Zeca e Beto ajudaram nos pequenos pormenores de verdade e heroísmo. Que era um ladrão de porcos que tinha entrado na casa. Assustaram-lhe com segurança. Tentou fugir, mas os três, Ruca, Zeca e Beto, taparam-lhe a saída do prédio até que veio a polícia e o ladrão foi agarrado e preso.

– Como ele era então?
– Terno sandokan e óculos escuros – explicava Zeca.
– E levava catana?
– Qual! Duas pistolas de cano comprido e granadas no cinturão – e Beto fazia gestos do tamanho.
– Vocês também lhe podiam ter recuperado as pistolas.
– A polícia ficou com elas. Mas olhem – e Ruca, contente, subia o tom de voz – primeiro o porco chamava-se "carnaval", mas depois da nossa guerra com o bandido, como a gente ganhou, agora o nome fica "Carnaval da Vitória".
– É um nome bestial. Vocês têm de trazer o gajo aqui na escola para a malta ver.

No fim da tarde, quando saíram das aulas, Ruca e Zeca foram nas traseiras do Trópico e encheram à vontade o saco de plástico com comida para o leitão. No caminho de casa, fugiram do grande trânsito, passaram nas ruas mais pequenas sempre a olhar de um lado para o outro com medo de aparecer o fiscal de repente e lhes querer tirar desforra. Mas iam com tanta vontade de reencontrar "Carnaval da Vitória" que correram com toda a pressa assim que dobraram a esquina que dava na rua deles.

Mas o azar! Logo cá em baixo deram com o camarada Nazário a colar um cartaz na parede. Estava de costas, concentrado, e os miúdos conseguiram ver e ler as letras vermelhas na cartolina amarela:

1º Porque é preciso resolver os problemas do povo deste prédio:
2º Assim é que: está proibida a habitação no seio do mesmo de animais porcos çuínos.

Produção, vigilância e disciplina
Nazário e Faustino
Abaixo a reação
A Luta continua
A vitória é certa!

– Desculpe, camarada Nazário, mas suíno é com esse, disciplina é antes de vigilância e antes de a luta continuar tem de pôr pelo Poder Popular e no fim acaba ano da criação da Assembleia do Povo e Congresso Extraordinário do Partido!
– Onde isso chegou! – Nazário falava com a mão direita a ameaçar a chapada –, miúdos a mandarem bocas nos mais-velhos. Se não fôssemos nós vocês não tinham nem independência nem escola.
– Mas em que guerras é que o camarada combateu, se mesmo quando esteve a fenelá basou de casa e só veio quando acabaram os bombardeamentos?

Nazário não respondeu ao arreganho de Zeca. Emendou primeiro a palavra suíno. Depois, com letras pequeninas, encavalitou *pelo Poder Popular*, mas no fim das assinaturas já não havia mais espaço e também não dava para antecipar disciplina a vigilância.

– É melhor fazer uma coisa nova, camarada Nazário – insinuou Ruca.

Nazário arrancou o cartaz, virou-se e, o reparar no saco de plástico cheio de restos, ficou ainda mais raivoso.

– Pra que é isso que vocês levam no saco? Comida de porco, é?

Zeca já tinha a porta do elevador aberta e dedo no botão do sétimo. Ruca agarrou no saco e, já dentro do elevador, esclareceu:

– Parece que o pai convidou o camarada Faustino para jantar.

– Filhos da puta!

Mas já lhe tinham atirado com a porta do elevador na cara.

"Carnaval da Vitória" era dos seres vivos que mais benefícios haviam tirado com a revolução. Nascido de uma ninhada de sete, sobrevivera na subdesenvolvida chafurda da beira-mar da Corimba. Aí se habituara às dietas mais improvisadas, cuja base fundamental eram as espinhas de peixe. Nas confusões da areia, cedo ele e seus irmãos se libertaram da tutela maternal. Metiam focinho em tudo. Roupa que estava a secar, biquínis de banhistas noturnas. E mesmo panelas prontas de comida quente eles entornavam e, se vinham as proprietárias vergastá-los com ramos de palmeiras, eles corriam noutra confusão. Ninhada que ficou precoce porque a mãe, no lhes ensinar travessias do asfalto de Corimba, fez um acidente de trânsito com um batedor cê-pê-pê--à motorizado. Morreu ela e o polícia. O dono não se apresentou como responsável da porca, e cuidou-se em preservar semiclandestinamente a ninhada. Porém, na semana seguinte, dos outros cinco irmãos de "Carnaval da Vitória", três foram varridos numa comba e dois foram de oferta ao cabo-do-mar que facilitava na vida do pescador dono dos porcos. Para preservação da espécie, a irmã de "Carnaval da Vitória" foi conservada numa pequena pocilga de improvisação.

"Carnaval da Vitória" valeu uma transferência de cinco grades "cuca" vasilhames fora.

Após que a vida se tornou diferente. Porco raro. Agora não chafurdava nos areais vadios. Comia de um hotel de primeira; nos restos vinham panados, saladas mistas, camarões, maioneses, lagosta, bolo inglês, outras coisas sempre a variar. E ele não deixava sobras ante o olhar investidor de Diogo, que media constante o porco em seu crescimento.

E iniciava-se nos gostos musicais. Se roncava protestos, Diogo mandava logo a mulher ou um dos filhos levantar o rádio para abafar a denúncia da presença do porco. Mas bastava só diminuírem um pouco o som do rádio para ele roncar.

– Estás-te a aburguesar – dizia o chefe da família Diogo. – Quem te viu e quem te vê. É a luta de classes!

– e os miúdos partiam o coco a rir até o pai se irritar por causa do peixe frito com arroz.

Mas que o porco vivia, isso sim. Pancar, dormir, ouvir música e fazer porcarias malcheirosas: de porco. De manhã, manhãzinha, Zeca e Ruca retiravam com a pá do lixo o cocô dele e iam depressa, balde na mão, despejar lá em baixo no contentor. "Isso ninguém pode ver, é uma prova" – recomendava o pai. Depois, mangueiravam, vassouravam a varanda e "Carnaval da Vitória" lavado também que era com sabão brasileiro e tudo, tantos éfes e érres que vivia que nem um embaixador! E os miúdos mimoseavam-lhe festas, acariciavam-lhe a barriga até ele, domesticado, se estatelar quase a dormir e depois responder pelo nome: "Carnaval da Vitória"!

Mas Diogo começou a fartar-se com a mania do porco de exigir música. Experimentou porrada: ele berrou mais. Ruca e Zeca não gostaram. Ficaram mesmo tristes. Sugeriram açúcar. "Ora essa! – ripostava Diogo –, açúcar que falta como ouro! Um saco pequeno tanto tempo na bicha e ainda a carne fica doce!" – mas aceitou a proposta dos filhos. O porco achou a matéria nova, comeu, lambeu-se e parecia não refilar mais. Só que depois roncou mais alto do que antes, aparentando reivindicar mais açúcar. Diogo incendiou de fúria e aplicou um castigo severo: esfregou-lhe o focinho com jindungo. Foi o pior. O porco roncou que chega e foi preciso levantar o rádio no máximo para evitar mais suspeitas da vizinhança.

Nessa vez os miúdos amuaram revoltados contra o pai e Diogo passou a noite insone, vira que vira na cama a investigar remédio para satisfazer as exigências pequeno-burguesas de "Carnaval da Vitória".

Era isso mesmo!

No dia seguinte, Diogo trouxe um fio comprido e muito fininho todo enrolado. A mulher e os miúdos admirados à espera. Diogo ligou no rádio, pegou o auscultador pequenino na outra extremidade, meteu na orelha do porco colando seis tiras de adesivo como se fosse um curativo. "Carnaval da Vitória" permaneceu como que anestesiado.

– Conquistas da revolução! – rejubilou Diogo de braços abertos. – Estás politizado! Isto é que a comissão de moradores devia ver.

– Mas assim nós nem sequer podemos ouvir o noticiário.

– Porra, Liloca! Merdas da pequena-burguesia. Querem o céu e a terra. O capitalismo e o socialismo. Música e carne de porco sem sabor a peixe. Então liga o teu ouvido na outra orelha do porco.

E a partir desse dia, por inventiva de Diogo, "Carnaval de Vitória" passou a ser o ouvinte mais contínuo da rádio nacional. Noticiário, peça que nós transmitimos, programas para jovens, relatos de futebol e boa-noite Angola, tudo até adormecer de barriga bem cheia e sem qualquer contestação.

Zeca e Ruca iam a contar estórias novas daquele porco oriundo de Corimba e que agora o pai deles dizia estava a aburguesar-se.

Na família Diogo cada vez mais se desenhava diferença de atitude em relação a "Carnaval da Vitória". Os dois miúdos tratavam o porco como membro da família. Limpavam o cocô dele, davam-lhe banho e, todos os dias, passavam nas traseiras do hotel para recolher dos contentores pitéus variados com que o bicho se giboiava.

O suíno estava culto, quase protocolar. Maneirava vênias de obséquio com o focinho e aprendera a acenar com a pata direita, além de se pôr de papo para o ar à mínima cócega que um dos miúdos lhe oferecesse na barriga.

Pai Diogo aferia o porco de maneira diferente. Para ele era tudo carne, peso, contabilidade no orçamento familiar. Indisposto de engolir o peixe frito, os olhos dele bombardeavam direito no porco para um balanço da engorda: "estás-te a aburguesar mas vais ver o que te espera – e com a mão no pescoço mostrava-se aos filhos na forma de como se corta uma goela – faca! É o fim de todos os burgueses"!

Os garotos desgostavam daquela forma do pai ser. Entristeciam da cena porque "Carnaval da Vitória" estava já na vida do coração deles ancho de amor pelo amigo mais íntimo. Dona Liloca estendia o sentimento e estacionava nessa indecisão de mãe e esposa, ora comungar do carinho que os filhos dedicavam ao porco ora carnívora também nos desejos expressos no projeto do marido. Às vezes até ia mais longe do que Diogo, antecipando as metas do plano: "e se lhe dá uma doença e morre? Depois de tanta chatice. Só maka para se tirar daqui, enterrar ou largar logo no contentor? Toda a gente ia saber que tínhamos um porco em casa. Assim ao menos a gente matava já e pronto. Pelo seguro". Mas Diogo era planificado no cumprimento dessa mania de criar o porco ali no sétimo andar.

Assim o tempo a voar com Zeca e Ruca a contarem novas estórias e "Carnaval da Vitória" mais cada vez amigo bem conhecido nos intervalos dos garotos na escola. Que protestavam "vocês prometeram trazer ele para aqui e nunca mais". Ruca e Zeca nas desculpas de amanhã talvez mas só que faltava mesmo descobrir essa tática de iludir a vigilância dos pais à hora de saída de casa para a escola.

Até que por um aviso da mãe chegou o dia.

– Amanhã eu e o pai vamos almoçar fora. A vossa comida fica pronta e vocês levam a chave.

Então o plano foi traçado e, mesmo nesse dia, os dois irmãos mais o Beto conseguiram recuperar do Kinaxixe um carrinho de supermercado. Trouxeram para o prédio e guardaram no vão escuro da escada. Pra reforçar cuidado cobriram com sacos. Esperaram só a mãe sair e quase nem comeram. "Carnaval da Vitória" consentiu imobilização, patas bem amarradas. Camuflaram bem o suíno e arrastaram o saco até ao elevador. Cá em baixo, Beto estava preparado com o carrinho de cargas.

E na escola a grande festa começou.

Ruca segurava a trela. Zeca fez uma cócega na barriga do porco "vá Carnaval da Vitória", o bicho logo deitado de pança para o ar e a mexer as patas num quase entendimento das palavras. Depois requadrupedava-se pesadão, rodava a cabeça, farejava e mais outro miúdo queria cocegar-lhe a barriga. Até que a professora surgiu na varanda da escola e bateu palmas.

– Está na hora, meninos!

Qual quê! Ninguém lhe ligou. Ela desceu, veio no pátio e quis saber.

Ruca afagou a espinha do bicho e começou desde o princípio. O ladrão de porcos. A resistência. A educação esmerada que dedicavam a "Carnaval da Vitória".
– E os pais dele? – perguntou um dos miúdos, e outro respondeu:
– Devem ter morrido na guerra contra os talhos. – E todos desataram a gargalhar.

Então o porco exercitou as habilidades que aprendera e os miúdos contentes com a professora a dar atenção naquelas brincadeiras.

– A camarada professora pode tocar na barriga dele que está limpa. Toma banho todos os dias.

– O que Ruca disse é verdade – acrescentou Beto –, e ainda está gordo porque come do Trópico.

Aí a professora cocegou também e os miúdos bateram palmas. Foi quando despontou uma lembrança:
– Zeca, solta a corda. Vamos fazer uma roda e deixar o "Carnaval" no meio.

O porco andando de um lado para o outro a dar encontro nos miúdos, e voltava para o meio do círculo em velocidade de corrida. Fazia pausa parada, abanava as orelhas e voltava a tentar furar a roda. Os garotos enxotavam e ele repetia a cena até que numa arrancada veloz passou no meio das pernas da professora e fugiu.

Todos os miúdos atrás dele, Zeca a chorar, "sem 'Carnaval da Vitória' eu não vou entrar em casa", o porco ia a atravessar a rua, um carro travou, ele também, virou à direita até numa loja do povo, muita gente, a bicha desfez-se logo e num instante o porco estava imobilizado.

Ruca quis aproximar-se bem de perto mas não era possível porque as pessoas se amontoavam em volta do porco, a zaragatear.

Então Ruca falou num ó-dê-pê:

– Camarada chefe. O meu pai que é ó-dê-pê foi quem me mandou levar o porco em casa do camarada ministro. Fugiu, está aqui a corda.

– Xé camaradas! O porco tem dono – avisou o ó--dê-pê com a catana levantada.

Mas as pessoas continuavam a puxar o porco cada um de seu querer ficar com ele. "Carnaval da Vitória" a grunhir alto.

– Tem dono como se o porco é meu?

Ruca e Zeca distinguiram bem a voz da mãe no meio daquela confusão das pessoas que agarravam no porco.

– Tem mais dono o quê? Porco de ministro tem mais outro dono? Sua ladrona de porcos – e os ó-dê--pês avançaram agressivos, tiraram o porco das mãos das pessoas e um deles recebeu a corda, amarrou no pescoço do bicho e entregou a Ruca.

Agora, cuidado. Porco de camarada ministro não se deixa fugir assim.

E Zeca viu nos olhos da mãe dele fingir que não lhes conhecia. Mesmo assim as pessoas começaram a barafustar. "Quando é que porcos deixam de andar na cidade?" "A gente apanha um porco e ainda esse ó-dê-pê com bocas." "Fui eu que lhe apanhei primeiro e porco vadio é de quem agarra." "Não é nada de ministro, se fosse não ia a pé." E no recompor da bicha rebentaram outra vez makas. "Eu é que estava primeiro." "Não era nada." Começaram a encardumar-se no meio de pancadaria mais o ó-dê-pê, e Ruca, com a corda bem segura, deu logo numa corrida. "Carnaval da Vitória" babava-se de cansaço.

Só depois de terem chegado à beira do muro da escola Zeca perguntou assuntado para o irmão:

– A mãe?

Dessa vez "Carnaval de Vitória" comeu mesmo, nas traseiras do hotel, a corda amarrada no contentor. Ruca e Zeca na má sorte de rebuscarem forças para o que faltava no azar daquele dia: enfrentar o pai Diogo, que não era para brincadeiras nessas coisas de desobediência.

"Carnaval" comeu sofregamente e os miúdos topavam nele um ar excitado, a tentar mesmo rebentar a corda com os dentes.

– Se fosse meu, soltava.

– Mas Ruca, isso não se pensa. E o pai?

Os dois manos estavam assim sentados na beira do passeio a ver o porco comer. Mas os pensamentos no pai. Qual seria a reação de Diogo quando chegasse à casa?
— Está crescido, Zeca.
— Sim. Com este tamanho dá nas vistas. Só quando começar a ficar escuro a gente regressa à casa. Senão ainda pode aparecer um fiscal, um polícia ou ó-dê-pê roubam-nos o porco, e se a gente chega em casa sem ele é fogo.
— Mesmo vamos apanhar.
— Não sei.

O sol faltava só um bocadinho da roda encarnada dele desaparecer lá no fundo onde o mar não tinha fim. Ruca desamarrou a corda do contentor. Iam no caminho de casa. Naquela hora passavam muitos carros e não dava muito bem para atravessar as ruas, "Carnaval da Vitória" podia ser atropelado. Por isso tiveram de duplicar o trajeto até chegarem no bairro.

— Xé! Salvaram-lhe! Grande vitória! Eu vou à frente. Se não estiver ninguém, chamo o elevador, faço sinal e vocês entram rápido.

Beto avançou e os amigos atrasaram o passo. Os corações a baterem no peso do medo de enfrentar o pai. Depois fez sinal. Correram para o elevador. E, mal chegaram no sétimo andar, deram encontro com o pai e a mãe sentados à porta do apartamento. Diogo segurou logo a trela do bicho.

– A chave!

A mão de Zeca tremia quando entregou a chave na mão da mãe.

Diogo foi direitinho na varanda, amarrou a corda na barra da persiana e gritou para os filhos:

– Venham aqui, lumpenagem, quadrilha de bandidos. Vocês sabem a vergonha que a vossa mãe passou hoje até aguentar porrada de um ó-dê-pê qualquer?

Diogo não escondia o nervoso, foi ao canto da varanda, pegou numa correia velha e começou a desancar nos miúdos. Liloca arrepiada.

– Pra que mais bater? O porco voltou, Diogo.

– Voltou por sorte e estes gajos se não aprendem agora um dia param na cadeia.

Os miúdos pareciam resistir só com a raiva, chorando e soluçando baixinho, o que zangava ainda mais o pai, que redobrou os golpes.

Então Ruca deu um sofrer alto:

Eu não sou bandido, eu não sou bandido.

– Liloca, levanta o rádio.

A mulher hesitou um instante até cumprir a ordem do marido.

Ouvia-se uma mistura de choro, gritos e música quando "Carnaval da Vitória" se empinou e grunhiu forte tentando morder a perna de Diogo, que reagiu:

– Espera que eu te digo. Quando chegar o carnaval tiro-te a fala.

Mas o porco terminou em berrar tão alto como nunca fizera, até os miúdos baixarem o choro quando o pai lhes parou de bater.

Diogo pegou no auscultador para introduzir no ouvido do porco. Só que, mal fez o gesto de lhe agarrar a orelha, o bicho falhou uma dentada.

– É porco, está tudo dito. Ingrato como vocês. Vá, Ruca e Zeca, vocês que andaram de vadiagem com esse malcheiroso, metam-lhe essa merda no ouvido.

Os filhos aproximaram-se de "Carnaval da Vitória", Ruca cocegou-lhe um bocadinho, o porco calou--se num instante, estava de papo pro ar, auscultador no ouvido.

Diogo debruçou-se na varanda, simulando olhar o trânsito lá em baixo. Acendeu um cigarro.

Era a dona Liloca quem estava a soluçar.

Nessa noite, Zeca e Ruca quase não dormiram a meditar em "Carnaval da Vitória" e naquela maneira de o pai lhe tratar só ganancioso na morte do porco. Ainda as acusações que Diogo fazia, Ruca não estava a entender bem.

– Zeca. Se o pai é que trouxe o porco e a gente é que lhe habituou no sétimo andar, com música e comida do Trópico, ele não tem culpa de ficar burguês.

– É verdade. Nós é que lhe pusemos. E como o pai disse que burguês acaba por ser morto, quer dizer que quando a gente deixa de ficar burguês é pra matar depois?

– Isso não compreendi bem. Agora o que eu não gosto é do pai só querer "Carnaval da Vitória" por causa da carne. Nós não vamos deixar matar.

E, na cabeça dos miúdos, "Carnaval da Vitória" voltava aos seus tempos de habitante da Corimba. Saboreando bafos de fresco marítimo no quente de areia calada. Andando em suas analfabetas incursões pelos quintais paliçados de ramos de palmeira nesse intruso entornar as panelas das donas. Espreitando mesmo no improviso dos bares as bocas das pessoas chupando nos búlgaros a cerveja fresca. E abocanhando até as cascas do marisco deitadas nas traseiras que davam defronte no beijo do mar. Vida de "Carnaval da Vitória" antes rés-do-chão.

Marcados pela violência do pai Diogo, a fadiga foi dando lugar ao sono e, no depois, os corpos dos dois miúdos ficaram abraçados no sonho quase comum. Passeios de "Carnaval da Vitória" pelas praias da ilha ao domingo. Livre. Sem corda. Fazendo demonstrações de piruetas para os olhos dos banhistas. Entrando no pátio da escola em brincadeiras de não mais acabar. Aguentando lugar nas bichas. Admirado e respeitado pela comissão de moradores. E mordendo em pai Diogo quando este tentava, pela última vez, levantar a correia para os maiores amigos de "Carnaval da Vitória".

Redação

Carnaval da Vitória é o porco mais bonito do mundo. Meu pai que lhe trouxe no sétimo andar onde a comissão de moradores é reacionária porque não quer porcos no prédio e o camarada Faustino tem kandonga de dendê e faz caporroto a cem kwanzas cada búlgaro. Primeiro o nome dele era só Carnaval. Depois que a gente ganhou a vitória contra o inimigo o nome ficou Carnaval da Vitória. O inimigo é um fiscal fantoche ladrão de porcos que lhe denunciamos no prédio onde ele ficou na vergonha. Carnaval da Vitória é o porco mais bom do mundo porque quando veio na nossa escola a camarada professora deu borla.

O meu pai é um reacionário porque não gosta de peixe frito do povo e ralha com a minha mãe. Ele é que é um burguês pequeno mas diz que Carnaval da Vitória é um burguês. Por isso lhe quer matar só por causa de comer a carne. Carnaval da Vitória é um revolucionário porque quando meu pai bateu em mim e no meu irmão Zeca ele lhe quis morder. Nós não vamos deixar matar Carnaval da Vitória porque a luta continua e o responsável da comissão de moradores não sabe as palavras de ordem que os pioneiros é que lhe ensinam. E a camarada professora é muito boa porque deixa fazer redações que a gente quer e até trouxe na escola o primo dela Filipe, que veio tocar viola dentro da nossa sala.

Ruca Diogo

O coordenador do centro de investigações pedagógicas parou de mascar a lasca de cola. Cada um dos participantes da reunião não escondia a surpresa.

– Acho que pode tratar-se de um caso de inadaptação. Filho de um casal lumpen, por exemplo... – referiu a responsável pela seção de pedagogia.

– Mas como é possível? Se foram dadas diretrizes quanto aos temas? – considerou o coordenador. – Não se compreende. Se no ofício eram orientados no sentido de motivarem as crianças para escreverem sobre os problemas do povo, exaltação dos valores ideológicos etc., como é que uma professora escolhe para um concurso deste nível uma redação sobre um porco? Camarada Sofia, já agora descubra aí o desenho que foi remetido por essa escola.

As mesas estavam repletas de pilhas de papéis. A responsável pela seção de desenho consultou uma lista, confirmou depois o número de um dos embrulhos e começou a procurar.

– Deve ser este. É mesmo este. Incrível – e desatou à gargalhada.

– Mas o que é?

– Veja só, camarada coordenador! – colocou o desenho no centro da mesa e todos se levantaram para observar. O coordenador apontava com uma esferográfica:

– Parece impossível. O porco ocupa quase toda a página. Da orelha sai um fio e vai para fora do espaço pensado para o porco. Na barriga, escrito Hotel Trópico e aqui à volta uma bicha. Isto parece uma escola. Aqui ao canto direito dois ó-dê-pês. Esquisito.

– Um momento, camarada coordenador – disse o responsável pela veicular –, o título do desenho coincide com a redação "Carnaval da Vitória".

– Quer então a camarada dizer que a ideia que presidiu...

– Claro, foi a mesma.

– Mas deixe ver. O autor do desenho é diferente do autor da redação e...

– Eu peço desculpas mas é ridículo estarmos a perder tanto tempo. Faltam ainda textos e desenhos para ver e assim nunca mais selecionamos os trabalhos para exposição. Aliás, sem entender nada de arte ou literatura, sou de opinião que a criança deve criar livremente.

– Vê-se logo que você é matemático. Devemos analisar o problema em profundidade e, no resto, a criança tem de ser orientada. Qual é o nosso papel, afinal?

– Nisso eu estou de acordo com o camarada coordenador.

– E eu também.

– Eu acho que sim.

– Eu retiro o que disse e penso que o camarada coordenador tem razão. Bem vistas as coisas. – O responsável pela seção de matemática, comprometido, acendeu um cigarro e concluiu: – Entendo que devemos prosseguir os trabalhos.

O coordenador fixou os olhos na redação e, na leitura íntima, foi mexendo os lábios. A seguir agarrou na folha do desenho e olha que olha na comparação texto sobre "Carnaval da Vitória" e ele mesmo desenhado grande na folha quase toda.

– Camarada Celeste, como é?

– Isto se complica a partir de uma mensagem coincidente, expressa por forma outra que é a do desenho e não sendo a autoria comum. Pode tratar-se de um caso de alienação do grupo. Mas aí temos de responsabilizar a professora, pois ela é que elegeu o texto e desenho em representação da sua escola. É só isso que eu tenho a dizer.

– Estou absolutamente de acordo – acrescentou o responsável pela seção de literatura –, o próprio nível de linguagem e a semântica revelam um afastamento do real, o que não é característico na criança, sempre motivada para recriar o dia a dia, em suma, a vida do povo, a revolução. Daí que se interrogue sobre a paternidade do texto, a própria oficina que lhe enforma um conteúdo tão característico da pequena-burguesia. Não será descabido convocar a professora para nos trazer todas as redações. É que surge a pergunta: por que em primeiro lugar o texto sobre o porco?

– Exatamente! – abriu a boca o coordenador, a cola esmagada pastosa na língua. – Ela tem de trazer as redações e os desenhos.
– Até pode ser um caso psiquiátrico – alvitrou o responsável pela seção de matemática.
– Caso psiquiátrico nosso?
– Parece que fui claro, camarada coordenador. Caso psiquiátrico do miúdo, da professora, ou sei lá…
– Então chama-se a professora, não é? Alguém vota contra? Quem vota a favor?
E todos levantaram o braço.

COMUNICADO

A COMISSÃO DE MORADORES ROUBOU
UM PORCO QUE ESTAVA NA BICHA
DA LOJA DO POVO.

ABAIXO OS ESPECULADORES!
O Fiscal do Ministério
João Pitanga Ismael

Nazário ficou furioso. Arrancou o cartaz. Entrou no elevador e carregou o botão no sétimo.
– O que é que o camarada deseja? – indagou Diogo só com meia porta aberta.

– Camarada Diogo. Você não respeita as leis no seio do prédio. Está bem. Um porco vive com pessoas. Makas com um fiscal. Já sei. Mas agora os seus filhos andarem a me gozar é que não admito. – E entregou o cartaz nas mãos de Diogo.
– Bem. Eu estou calmo. Primeiro, só uma pessoa que vive com porco é que sabe se porco vive com essa pessoa. O problema é seu. Segundo, nunca me encontrei aqui com fiscal e só quem anda a denunciar nos bófias aqui é que sabe se fiscal veio. Chamador de bófias é pidesco do antigamente do colono pequena-burguesia contrarrevolucionária como o meu porco mas acabam sempre na faca e... – Diogo deu-se conta do lapso.
– Qual seu porco, camarada Diogo?
– Um que tenho em Nambuangongo e só quer engordar e chatear as pessoas. Como alguns porcos que há aqui no prédio.
– Mas não vim aqui para discutir. O camarada tem de aceitar a crítica e eu cheguei aqui só para você e a dona educarem melhor os pioneiros.
– Lição? Educar? Quem lhe disse que foram os meus filhos?
– Camarada Diogo, não venho para discutir. Ainda o camarada dantes me mandava entrar e agora fica no meio da porta porque tem o porco lá dentro.
– Isso é que eu não admito!
– Mas então deixe-me entrar.

– Mas quem lhe convidou para comer em minha casa! Patos fora! – e bateu com a porta na cara do responsável da comissão de moradores.
– Ruca e Zeca, venham cá. Vocês é que andaram a escrever esta propaganda? – Diogo falava ridente.
– Não fomos – respondeu Zeca raspando com os olhos no cartaz. – Mesmo o pai ainda não comprou lápis de cor.
– É verdade. Tenho de vos comprar lápis de cor.
– E Diogo prosseguiu satisfeito, fazendo um gesto largo para o porco como se conversasse com ele: – Tudo por causa de você. Em vez de se incomodarem com a vida das pessoas andam a chatear a vida de um porco. Tudo tachistas, como esse requerimenteiro que apanhou boleia na revolução e agora é juiz. Eu ao menos não apanhei boleia nenhuma. Em casa dele passa ovos, dendê, carne e ontem quatro "Ramalho Eanes". Quando era "morteiro" eu vi três caixas. Se cada pessoa só tem direito a uma, como é que um juiz açambarca dessa maneira?
– Mas onde é que você viu isso? Para que difamar assim à toa? – emendou a dona lá da cozinha.
– Eu é que sei. Adianta mas é o jantar – e prosseguiu: – Ruca, traz o tipol.
O filho abriu o frigorífico, trouxe o tipol e um "búlgaro". Diogo encheu o frasco e a cerveja acabou. Abriu a carteira e tirou uma nota de cem kwanzas.

– Zeca, vai buscar outro tipol. – E continuou a desabafar com o porco: – Vê só, pá! Já bebo num frasco, mas aí o teu vizinho Faustino, porco como tu, de certeza bebe num copo. Ó mulher! O porco está mesmo bom. Agora é que estou a reparar. Já nem deve saber a peixe.

– Saber a peixe, como?

– Então, você não sabe que porco que anda na vida de marítimo quase patrão de costas nas areias da Corimba a comida dele é peixe, o respirar dele é marvento e a carne dele o sabor é do peixe? Mesmo galinha, pato, cabrito, coelho, tudo sabe a peixe. Mas este sabe mesmo a porco. Até me dá água na boca de pensar a inveja que o cheiro da carne dele assada vai brilhar na gosmeirice desse Faustino.

Ruca ficou preocupado. Era outra vez essa ideia que ele odiava. O pai só na intenção de matar "Carnaval da Vitória". Aquele porco amigo que acabara de jantar bem boa comida que ele e o irmão arranjavam no contentor do Trópico. E o porco, mesmo com um ouvido tapado com adesivo, tinha o focinho virado para Diogo e parecia estar no significado das palavras. Zeca entrou.

– Pai, não há cerveja, o camarada Américo diz que acabou.

– Só faltava esta. Pronto, abre-se o "Ramalho Eanes" que era para o fim de semana. Também até lá ainda dura. Vai ver quem é. Tocaram a campainha.

Ruca foi à porta. Abriu e ficou em surdina a escutar as palavras de Beto.

– Vocês não viram o meu comunicado contra os inimigos de "Carnaval da Vitória"?

– Fala baixo. Vimos. Deu maka. Quem arrancou foi o teu pai e veio aqui combater o outro inimigo de "Carnaval da Vitória".

– Qual?

– O meu pai.

E os dois começaram a tapar com as mãos o riso na boca.

Diogo estranhou e foi na porta.

– Quem é? Tu aqui? Põe-te já a mexer.

E Beto fugiu.

– Diogo, por que é que você mete as crianças no barulho dos crescidos? Eles são amigos e...

– E o quê? Se calhar criança não é espião? Primeiro o pai, depois o filho. Para ver o porco, não é? Jantar! O que é o jantar?

A mulher não falou. Foi na cozinha e trouxe a resposta. A travessa de esmalte estava bem ali à frente.

– Outra vez "dia a dia na cidade". Merda pra isto. E o requerimentista a comer frango de churrasco que chega aqui o cheiro. Abaixo o peixefritismo. Se soubesse nem abria o "Ramalho Eanes" e também não sei o que é que tu andas a fazer nas bichas. Traz ao menos o jindungo para enganar – e apontando

para o porco: – se te apanho no prato meto férias só para comer.
— Mas também às vezes já comeste carne.
— Nem chega uma vez por mês!
— Também você no tempo do colono comia mesmo carne todos os dias? Mesmo casa assim não recuperaste?
— Cala-te com essa de pequena-burguesia. Sempre o tempo do colono, o tempo do colono.
E Diogo bebeu um copo de uma assentada.

— A camarada já faz ideia da sua convocação. Trouxe todas as redações e desenhos?
— Sim. — Nos olhos da professora alindou-se uma onda de orgulhosa alegria. — Antes que me esqueça, os alunos propuseram e votaram todos a favor que a nossa escola passasse a chamar-se "Carnaval da Vitória".
— Parece que a camarada não está a entender ou está a brincar. Mas vamos ao que importa, o material.
Aquele tom agressivo do coordenador. Todos compreendem, menos a professora.
As redações e os desenhos iam passar de mão em mão e a professora a reparar no ar reservado e seco dos membros do gabinete, uma certa misteriosa desconfiança. E ela ainda a lembrar-se daquele dia alegre

no pátio da escola, feliz com o aproveitamento de seus conselhos aos miúdos: "devemos ter amor pelos animais". Estava consciente da sua maneira de atuar. Não batia nos alunos. Às vezes, colegas até lhe gozavam por causa desse idealismo "se em casa apanham, na escola andam direito se levarem também; não se pode mudar a escola sem mudar a família". Mas mesmo assim ela não tocava num miúdo.

– Pelo visto é uma orquestra. Não mudam de tema. Todas as redações sobre o porco. Todos os desenhos sobre o porco – disse a responsável pela veicular. – Tem de haver uma explicação.

– E mesmo uma orquestra é uma orquestra, costuma ser ensaiada. Como é possível? Com diretrizes superiormente traçadas. Os programas etc. Agora que as escolas são do povo, manda-se recolher material para um concurso e exposição de trabalhos infantis; orienta-se os professores para apoiarem as crianças no sentido da criatividade de temas sobre a vida do nosso povo, a exaltação de valores nacionais, datas históricas etc., e, em vez disso, a camarada apresenta-nos uma escola inteira a dissertar sobre um porco! Como é possível? Está aqui patente a ideologia pequeno-burguesa. E uma questão disciplinar: é mesmo verdade que a camarada deu borla por causa do porco e ainda leva um priminho para tocar viola na sala de aulas?

– Sim, a borla é verdade. Mas eu explico.

A professora susteve as lágrimas que se queriam libertar. E, de pormenor, contou de tudo essa aventura de "Carnaval da Vitória". Do que ela sabia de ver os miúdos no pátio mais os acrescentos antecedentes históricos trazidos todos os dias por Ruca, Zeca e Beto, e que ela não achava mal a vida das crianças assim no imaginar e que também que um porco faz parte da vida das pessoas e é problema do povo. Mais: que Ruca era de talento raro mesmo com sua veia de poeta e quase não dava erros ortográficos. No fim esclareceu que nunca recebera ninguém para tocar viola na sala de aulas, mas como os miúdos inventavam violas com latas para imitar Carlos Buriti naquela cantiga "com esta especulação alguém há-de pagar", porque ela não gostava, andou a prometer apresentar aos miúdos o seu primo Filipe, que tocava coisas antigas bonitas sem eletrificação na viola e do tempo do N'gola Ritmos. Promessa que pensava em cumprir.

– Temos é que acabar a seleção dos trabalhos para evitar segunda prorrogação do prazo. Este assunto fica para depois. A camarada pode retirar-se. – Os membros do gabinete permaneceram em silêncio ante o ar severo do coordenador, que prosseguiu: – Devíamos era já fazer a proposta de ir para o Cuando-Cubando antes que ela se encoste em algum parente. Vocês é que ainda não repararam. É de família. É vê-dê. Por isso é que se dá a essas arrogantes surrealistices. Viram a pretensiosa referência a Cardonega? Que tinha sua veia de poeta.

– Eu isso não concordo – disse o responsável pela seção de matemática, abanando a cabeça –, e não é por ser do sul. Primeiro, porque ainda não posso ajuizar sobre os atos da professora. Só após um inquérito. Depois, essa ideia de tudo o que é lixo despachar para as províncias, sinceramente, não concordo.

– É caso para pensar – concluiu o coordenador.

Sempre os miúdos a verem se aproximar fatalidade no seu amigo "Carnaval da Vitória". Pai Diogo irritado na sua contradição com o "linha-da-frente", o "cinturão das fapla" ou o "dia a dia na cidade", peixes sacrificados ao serviço da barriga do povo. E nessa irritação cada vez mais a entornar o ódio contra o porco, desejo de lhe matar e transformá-lo em comida. "Amigo não se trata assim", diziam os miúdos à mãe nas ocultas do pai maníaco carnívoro.

Um dia os miúdos chegaram no Trópico antes de os restos serem lançados no contentor. Aproximaram-se daquela porta das traseiras. Ficaram um pouco a ver o funcionamento do relógio de ponto, até que chegou um camarada e falou:

– As aparas para os cães?

– Estão aqui – respondeu o controlador da porta entregando um saco de plástico dos grandes. Ruca viu os bocados de carne dentro do saco. Então foi atrás do homem e, quando ele entrava no carro, indagou:
– Desculpe, camarada. Aparas é o quê?
– São restos de carne que sobram na cozinha do hotel e servem para dar aos cães.
– Que comem só carne?
– Sim. Pastor alemão, cães policiais.
– E paga-se essa carne?
– Não. É resto de deitar fora.
E Ruca começou a combinar coisas na cabeça dele.
– Zeca, viste mesmo a carne? Bocados pequenos, sebo misturado, mas se cortar aproveita-se aí bué.
E o plano foi traçado.

– Bom dia, camarada.
– O que é que vocês querem? – Perguntou a dona de Faustino, desconfiada.
– A minha mãe saiu e não temos água fresca na geladeira, era só pra pedir um copo.
A dona nem respondeu e, enquanto virou as costas, Zeca retirou da mesinha do corredor algumas folhas de papel timbrado.

Quando ela voltou com o copo de água, disse ainda no Ruca:
– Mas o teu irmão não estava aqui contigo?
– Estava sim, mas esqueceu a porta da nossa casa aberta.

Tinham conquistado as folhas que lhe conheciam bem o sítio do tempo em que visitavam a casa do vizinho. Fizeram um bocado de tempo. Depois desceram em casa de Beto já com um rascunho. Ruca deu instruções.
– Com a máquina de escrever do teu pai. Neste papel.

Num instante, Beto leu o rascunho e viu o papel timbrado: *Tribunal da Comarca de Luanda – 2ª Vara*.

À tarde, no fim da escola, quando chegaram na recolha da comida de "Carnaval da Vitória", Ruca aproximou-se do controlador da porta e entregou o papel:

Tribunal da Comarca de Luanda – 2ª Vara

Para os cães policiais da cadeia do Tribunal peço aparas cruas de carne. Mande-me pouco sebo. São cães estatais, comem todos os dias.

Saudações Revolucionárias
Faustino
(Juiz)

O homem foi no fundo do corredor, fez uma ligação telefônica e voltou.

– Esperem só um bocado.

E não passaram 10 minutos. Zeca e Ruca tinham um saco de aparas.

– Mas como é que deitam fora restos assim com carne boa?

– Zeca, tu não ouviste no Beto, o pai dele lhe explicou que este hotel é só para embaixadores de fora? É o resto da carne que vai na mesa deles.

A mãe perguntou aos miúdos se a carne não tinham encontrado aí no lixo à toa ou se era mesmo da cozinha do hotel. Eles falaram a verdade, que era mesmo da cozinha, e ela ficou radiante com aquela ideia dos filhos. Ia guardar segredo para o pai Diogo acreditar que a carne saía nas bichas. E logo a dona se aprestou em separar a carne do sebo, esmerando depois nos temperos.

Quando chegou a hora e Diogo perguntou o que era o jantar, a dona passou na cozinha e trouxe a resposta.

– Funje de carne? Até que enfim, mulher! Bastou mudarem o ministro para a carne aparecer nas bichas. Vamos a ver agora se a pequena-burguesia lhe não atrapalha o trabalho. Assim é que é. Revolução começa na barriga.

Diogo ajindungou bem o prato. Repetiu três vezes, todas regadas e voltadas a regar com "Ramalho Eanes".

E, nessa noite, dona Liloca decifrou estrelas de amor nos olhos luarentos dos filhos brilhando de alegria por não ouvirem o pai xingar no porco nem repetir ameaças de morte a facada contra "Carnaval da Vitória".
– Liloca, senta-te um bocado no meu colo. O trabalho que tu tens nas bichas! Às vezes estou no serviço a pensar nessa coisa. Deixa lá. Também, ainda este ano, quero ver se te compro uma televisão.
– Pai, fiquei em primeiro lugar num concurso de redações. O meu nome vai vir no jornal, a professora é que falou.
– Assim é que é. Lembra-me a ver se te compro os lápis de cor.

Nos dias que foram se seguindo, Diogo comeu carne das mais variadas maneiras e os miúdos verificaram, contentes, o estado de espírito do pai em relação ao porco. Primeiro quase tinha deixado injúrias e ofensas, e nada de ameaças de morte. Pouco a pouco era só um xingamento pequeno, mas sem aquele ódio que Diogo despejava nas revoltas contra o peixefritismo. Mesmo essa palavra ele deixara de usar. Muito menos, "linha da frente", "cinturão das fapla", ou "dia a dia na cidade".

Até que uma vez desabafou:
– Liloca, vê se amanhã fazes um bocado de peixe. Com um mar de Angola tão rico como é que a gente come sempre carne? Importada. Se não há divisas para comprar outras coisas? Aliás, carne boa mesmo, só de porco. Como a desse aí que falta pouco vai acabar nessa mesa. Chiça! O trabalho que ele já deu. E chatice, sacrifício de a gente estar a comer com os maus cheiros que ele deita quando quer e bem lhe apetece. Também agora nem por 30 contos eu vendo esse gajo.
Então a dona passou a alternar carne e peixe. Diogo reacalmou a ira contra "Carnaval da Vitória". Mas foi só uma semana para recomeçar:
– Não percebo como neste país não há carne de porco. Disse-me um camarada que é o bicho mais barato de se criar. E aproveita-se tudo. A pele do boi não se come. A gordura também não. A do porco dá banha e torresmos. – Ruca interrompeu:
– Pai, a margarina faz-se com sebo de boi, a professora é que disse.
– Mas quem é que falou aqui em margarina? A tua professora a ver se troca sebo por toucinho! Pergunta-lhe. Ainda a carne de boi não se pode salgar. Quem não tem frigorífico está tramado. E o chouriço, morcela, paio e presunto? A carne de porco salga-se. E os

ossos. Não percebo. Quando se viaja de carro encontra-se porco em todo o lado. Então por que é que o tal ministro não manda comprar os porcos das províncias e pôr a carne nas bichas e Luanda? Matadouro o portuga deixou. Vejam só: um povo revolucionário como o de Cuba tem a mesma opinião, come bué de carne de porco. – E virando-se para "Carnaval da Vitória": – Por isso espera, o dia do teu fuzilamento já vem aí, falta pouco, que eu não sustento porcos a comida do Trópico. Era o que faltava. Vais lerpar. – E repetiu o gesto de cortar o pescoço. Os miúdos ficaram atônitos. Entregaram um novo papel no controlador da porta:

Tribunal da Comarca de Luanda – 2ª Vara

Os cães aborreceram carne de importação.
Mande aparas de porco não marítimo.

Saudações Revolucionárias
Faustino
(Juiz)

– O que é isso de porco não marítimo, pioneiros?
– Porco que não anda na Corimba a comer só espinhas de peixe – esclareceu Ruca.

— Ai é! Mas digam ao camarada que não há aparas de porco. O porco gasta-se tudo.

Aceitaram no costume as aparas de carne de vaca e, já no caminho para casa, Zeca comentou:

— Mas é verdade? Até num hotel de embaixadores de fora o porco come-se tudo, não sobram as aparas. "Carnaval da Vitória" devia ter nascido cão ou gato.

— Gato não gosto.

À noite, quando chegou a hora do jantar, Diogo fez outra embirração porque o tipol acabara-se e o bar estava fechado.

— Merda para esta vida! Um homem farta-se de trabalhar, sábados vermelhos não falta e nem sequer há um bocado de cerveja — e bastou só um pequeno ronco de "Carnaval da Vitória" para Diogo passar ao ataque: — Cala-te, porco pequeno-burguês que na Corimba só cheirava espinhas de peixe. Agora tu tens casa, não pagas renda e comes do Trópico, tudo eu é que aguento. Mas falta pouco. No teu comba vamos comer tua própria carne.

Os miúdos voltaram ao terror do aprazado assassinato do amigo e, antes de se deitarem, Ruca foi à cozinha e segredou à mãe:

— Veja se arranja uma camarada que troque a nossa carne por um bocado de carne de porco.

Liloca sentiu comovida a intenção do filho. E três dias que ela andou demandando amigas e conhecidas para no fim encontrar uma pessoa do Cazenga que aceitou a troca. Um saco de aparas limpas do sebo por um bocado de carne de porco cheia de gordura.

E assim preparou a refeição nova.

– Carne de porco! E não dizia? É o ministro que está a mudar as coisas. Mobilizou a porcagem que anda por aí a vadiar. Se todo o governo fosse assim não faltava cerveja.

– Pai – interveio Ruca –, mas a camarada professora disse que o que é preciso é mais milho e mandioca para o povo das províncias, e que lá no mato nem chega cerveja.

– Diz a professora que isso é maka de campesinato, eu sou revolucionário da cidade.

Diogo comeu e lambeu-se. Mas, quando procurava os cigarros, bateu com o cotovelo no tipol ainda meio e este caiu entornando-se no chão.

– Parece que o azar entrou em casa desde que hospedamos o porco. Também que se lixe a cerveja! Estou a ficar enjoado. A carne era de porco marítimo. Sabor de peixe. – Levantou-se. – Mas o azar acaba quando eu te enterrar a faca no pescoço. Ainda os meus vizinhos deixaram de ser meus amigos por causa de você – e vibrou um pontapé em "Carnaval da Vitória", que protestou num berro grande a esmagar o coração revoltado dos miúdos.

Era véspera de Carnaval. Diogo faltou ao serviço e a casa movimentava-se num vai que volta de preparações. Ruca e Zeca sentindo cada vez mais perto a consumação. Desde manhã a banheira cheia de água, "pode faltar de um momento pro outro", alerta de Diogo na mulher. E mais todas as vasilhas disponíveis, baldes, panelas e garrafas se preencheram com água. Tudo isto assustava os miúdos. Pior mais era o facalhão que Diogo afiava com prazer e depois a trave de madeira com as duas extremidades enfiadas em dois buracos das paredes no canto da varanda.

– Aqui vamos pendurar o morto! – regozijava-se Diogo.

Por isso, Ruca, Zeca e Beto encontraram-se nas escadas e decidiram elaborar mais um cartaz.

CAMARADAS MORADORES

OS ESPECULADORES DIOGO, FAUSTINO E NAZÁRIO SÃO CONTRA O CARNAVAL DA VITÓRIA.

ABAIXO A REAÇÃO
O Fiscal
Loló Madaleno

Quando Nazário chocou o olhar no cartaz, arrancou-o da parede e foi pessoalmente correr nas portas e convocar um por um os membros da comissão de moradores.

– Anda aqui a contrarrevolução. Amanhã é dia de Carnaval. Isto é provocação para nos dividir e atrapalhar. Temos de ficar vigilantes. Se calhar são bombistas fantoches dos karcamanos. Eu acho que todos os moradores combatentes ó-dê-pê deviam fazer guarda à porta do prédio, isto é, por escala de serviço. Somos muitos e todos divididos dá pouco tempo a cada um. Nas noites de hoje e de amanhã.

A assembleia aprovou por unanimidade e houve mesmo quem propusesse busca imediata ao prédio, casa por casa, pois que bombista se encontra às vezes quando a gente menos espera. Mas Nazário moderou os ânimos explicando o melindre das buscas em casa de camaradas sérios e que não iriam compreender. Assentou-se então naquele ponto único da ordem de trabalhos e uma comissão incumbiu-se de ir de porta em porta comunicar a medida e elaborar a escala de serviço.

A primeira hora calhou a Diogo, que antes de sair disse para a mulher:

– Ainda bem. Agora é que podemos ter a certeza que até amanhã ninguém vai nos roubar o porco.

Chegou a tarde de Carnaval. Liloca atarefada nos últimos preparos da matança mas, comungando da inquietude dos filhos, pediu a Diogo para lhes deixar ir ver o desfile. Ela não queria que os miúdos assistissem à morte de "Carnaval da Vitória".

– Está bem – acedeu Diogo –, mas onde houver confusão voltam logo. Cuidado. E às seis horas aqui em casa para ajudar no trabalho da limpeza e comer carne fresquinha.

Ruca e Zeca compreenderam as intenções da mãe. "Carnaval da Vitória" ergueu o focinho. Farejou. Grunhiu. Parecia cumprimentar os seus dois amigos. E no pensamento deles o porco chafurdava nas areias livres da Corimba e aparecia na escola para aquela roda de brincadeiras.

– Vá, toca a andar.

E, inconformado, os dois irmãos saíram. Havia que fazer qualquer coisa para salvar o porco. Só que nenhum deles adiantava projeto assim de repente. Cá em baixo encontraram Beto e, quase automaticamente, sentaram-se na berna do passeio. A euforia do povo andava já no ar.

– Hoje não nos mandam buscar os restos no Trópico? – Beto falava como que temendo uma resposta já sabida.

– Pois. Como vão matar "Carnaval da Vitória" não é preciso comida. – Ruca tinha o olhar distante na multidão que se movimentava ao longo da rua.

– Mas matam hoje mesmo? – afligiu-se Beto.

– Sim, vão matar… – Zeca sentiu vontade de contar o resto. Só que lhe faltava coragem. Ficavam só essas coisas dentro da cabeça. A faca, principalmente. Isso não lhe saía da ideia: ver o pai, satisfeito, afiando a faca grande para matar "Carnaval da Vitória".

Começaram a andar. Toda a gente corria no mesmo sentido. Em direção à zona das tribunas.

– Não vamos por aí – comandou Ruca. – Melhor é a gente ir no princípio.

Caminhavam em silêncio e cruzavam-se com outros miúdos correndo alegremente em sentido contrário.

– Só a gente é que não vai nas tribunas.

– Nada, Beto. Vamos dar encontro com mais pessoas que vão ver sair o carnaval onde ele começa.

– Gente que também está triste? – Quis saber Zeca.

– Não sei. Mas por que é que todas a gente há-de querer ficar nas tribunas?

Ali defronte, abriam-se aos olhos de Ruca as vagas que rebentavam lá em baixo. "Sim, vão matar." Que mistério era aquela grandeza de espuma branca, eriçando o mar?

– Vocês não gostavam de ser onda?

– Deve ser bom. Assim por cima da água nem é preciso saber nadar. Quem me dera ser onda! – E Beto abria os braços.

– Mas Ruca – considerou Zeca –, não se pode ser onda. Ainda se uma pessoa fosse entrava com essa força do mar onde a gente queria. Onda ninguém amarra com corda.

Os outros perceberam. Zeca tinha voltado o olhar lá bem para o fundo dos contornos da Corimba. Território de "Carnaval da Vitória". Livre. Vadio na chafurda despreocupada. Afinal melhor seria terem soltado o porco naquela vez depois da maka da bicha. Os efeitos da pancada do pai passavam depressa e "Carnaval da Vitória" ficava livre.

– Beto, quando levamos ele na escola devíamos-lhe ter largado.

Depois os grupos carnavalescos começaram a aparecer na curva. Vinham ainda quase só a andar, poupando-se para a demonstração logo que entrassem no trajeto oficial. Mesmo assim, nesse pouco de bonito, os miúdos foram-se deixando absorver pela fantasia das dores e o ritmo das músicas. E batiam palmas aplaudindo os grupos que integravam os pioneiros. Só quando liam nos dísticos "Carnaval da Vitória" lhes reavivava a tragédia ameaçando o amigo no sétimo piso.

– Se calhar são já horas! – E Ruca interpelou um mais velho: – Que horas são, camarada?

– Cinco horas.

– Temos de ir. Depressa.

Zeca e Beto não se opuseram. De certeza, Ruca descobriria uma chave qualquer para salvar "Carnaval da Vitória".
Corriam os três.
Chegados no prédio, Ruca sentou-se na escada e explicou:
– Beto, é preciso chamar o teu pai.
– Mas o meu pai foi ver o Carnaval.
– Então esperamos ele aqui e quando vier avisamos que tem um porco lá em casa. O teu pai fala no meu pai, o fiscal nos apanhou na rua. Nos bateu. Tirou os nossos nomes e obrigou-nos a confessar. Depois o teu pai diz que o fiscal vem daqui a duas horas e o camarada Diogo não faça mal aos miúdos que não têm culpa mas solte o porco antes de o fiscal vir com os miúdos que ficamos na polícia.
– Então vamos esperar o pai do Beto. – Uma réstia crescente de esperança desfraldava-se nos olhos de Zeca.
Os três sentados na escada. Medindo o tempo passar. Ninguém nem subia nem descia.
– Hoje toda a gente foi ver o Carnaval. – Ruca não escondia a impaciência.
– Mas deve estar quase no fim e o meu pai vem logo em casa.
A roupa da noite começou a vestir o dia e surgiu o elemento da ó-dê-pê para o primeiro turno.

— O que é que vocês estão aqui a fazer? Tu não és o filho do responsável da comissão de moradores.
— Sim. Estamos à espera do meu pai, que foi ver o Carnaval.
— E vocês não foram?
— Fomos, mas já viemos por causa da confusão do fim — respondeu Zeca.
— Estão a ouvir? No sétimo andar levantam outra vez o rádio no máximo. Há muito tempo que não faziam isto. Bem. Como hoje é Carnaval...

Ruca olhou logo no irmão adivinhando igual o pensamento dele. Por que é que o pai abria o rádio no máximo? Então o auscultador no ouvido do amigo? E, lembrando-se do tempo em que o pai abaixava o roncar de "Carnaval da Vitória" com o rádio, pôs ponto final nas ideias para não pensar o pior.

O turno foi rendido e o homem que chegou trazia cara de mal disposto.

— Pioneiros, vocês já deviam estar em casa. Andam aí bandidos a escrever coisas contrarrevolucionárias. De noite não é pra miúdos.

— Mas nós queremos ajudar a descobrir esses bandidos contrarrevolucionários. — E Ruca pôs-se de pé.

— Acho bem. Mas o vosso lugar é na escola. Aprenderem aquilo que os mais velhos não conseguiram.

— Mas agora tem escola de noite. E é de graça. A nossa professora diz que só não estuda quem não

quer. – Ruca ainda deu um toque no irmão pela inconveniência.
– A professora? Foi privilegiada do tempo do colono. Por isso é que é professora. Assim não custa dizer que só não estuda quem não quer.
– Por acaso a nossa professora veio do maquis. E estudou lá.
O homem ficou calado e de olhos no chão. Beto media-o de alto a baixo, feliz por tê-lo derrotado com aquela mentira.
Então chegou Nazário.
– Pai, o camarada Diogo tem um porco dentro de casa. Ruca e Zeca vão explicar.
Os dois irmãos contaram rapidamente os assuntos de como Nazário devia ir lá em cima de maneira a evitar que Diogo depois se vingasse nos filhos.
– Muito bem, pioneiros! Assim é que é. Falar a verdade. Os mais velhos deviam aprender convosco.
Nazário entrou no elevador a esfregar as mãos. O turno da ó-dê-pê tomara atenção nos casos, mas ficou intrigado:
– Afinal, vocês também fazem guarda?
Bom...

– Viva, camarada Nazário. Então o Carnaval?

– Pior que o ano passado.
– Mas entre! A casa é sua.
Nazário transpôs a porta e num relance verificou três mulheres afanosas na cozinha e dois homens abancados a comer e beber.
– Liloca traz um prato para o camarada Nazário atacar umas febras.
– Aí isso eu não vou perdoar. Só o cheiro diz tudo.
– Olhe, camarada Nazário, nem vale a pena apresentação. É tudo família. E se fizéssemos uma farra? Só o que falta é a aparelhagem.
– Mas isso tem o Faustino.
– Então convida-se o Faustino, os membros da comissão de moradores e todos os camaradas que fizeram serviço ontem e hoje à porta do prédio. Foi uma grande iniciativa.
– Dou a minha moção sem reservas. É preciso unir os moradores do prédio porque a unidade deve começar da base.
Liloca, apoiada na porta da cozinha, sussurrou para uma das amigas convidadas:
– Diogo é assim. Tanta coisa com o porco e se calha fica contente se os vizinhos lhe acabam hoje com a carne.
– Onde é que estão os miúdos? – perguntou Diogo levantando os braços.
– Deixei-os lá em baixo com o amigo deles, o meu filho.

– Liloca, vai lá chamar os miúdos.

A mulher limpou as mãos ao avental e, antes de sair, olhou amarradamente os olhos na varanda: no sítio onde vivera "Carnaval da Vitória" estavam agora quatro fogareiros crepitantes e as febras, bem ajindungadas, estalavam sobre as brasas vermelhas.

– Ataque, camarada Nazário. É lombinho e não é marítimo.

– Espere um momento. Vou buscar a minha mulher, trago uma grade e na volta chamo o Faustino com a aparelhagem. Veja se precisam de louça e talheres.

Cá em baixo, os meninos confiavam na força da esperança para salvar "Carnaval da Vitória". E Ruca, cheio daquela fúria linda que as vagas da Chicala pintam sempre na calma do mar, repetiu a frase de Beto:

– Quem me dera ser onda!

Glossário

Basou	Fugiu
Berrida	Corrida
Bicha	Fila de pessoas uma atrás das outras
Bófia	Polícia
Boleia	Carona
Bué	Em grande quantidade
Búlgaros	Frascos que sendo embalagem de compota importada da Bulgária se utilizavam como copo
Candengue	Criança
Candonga	Negócio ilegal
Capa-érre	O mesmo que caporroto
Caparroto	Bebida alcoólica tipo aguardente, a partir da destilação de fermento de açúcar com cereais, etc.
Catete	Natural do Catete
Catolotolo	Doença do tipo da malária
Cê-pê-pê-à	Do corpo de Polícia Popular de Angola
Chanfrado	Sem juízo
Comba	Cerimonial de óbito
Embambas	Teres, coisas, haveres
Febra	Carne sem osso

Fenelá	Frente Nacional de Libertação de Angola
Jindungo	Pimenta
Karcamanos	Sul-africanos
Kwansa	Moeda angolana
Lerpar	Morrer
Lumpen	Pessoa sem ocupação, marginal
Maka	Conflito, confusão
Miúdo	Criança
Morteiro	Corruptela de "mosteiro", vinho importado do Brasil e de má fama
Ó-dê-pê	Organização de Defesa Popular
Pancar	Comer
Panquês	Comidas
Pidesco	Alcaguete
Quitanda	Venda
"Ramalho eanes"	Garrafão de vinho, na altura em que se retomou a importação de vinho português
Seguras	Agente de segurança do Estado
Simonescos	De Simons, nome de um conhecido radialista angolano

Tachista	Proteção de alguém influente
Tipol	Recipiente que recebeu o nome da marca do produto e que servia para transportar cerveja de barril
Tuge	Merda
Veicular	Língua portuguesa
Vê-dê	Referente a Van Dunem – nome de família de há muito influente nos diferentes setores da sociedade angolana
Zaragatear	Provocar desordem

Este livro foi diagramado utilizando a fonte Minion Pro
e impresso pela Rettec Artes Gráficas em papel off-set 120 g/m²
e a capa em papel cartão supremo 250 g/m².